*Vente du Mercredi 15 Mai 1907*

# HOTEL DROUOT — SALLE N° 10

N° 150 du Catalogue.

# ESTAMPES DU XVIII° SIÈCLE

M° Maurice DELESTRE       M. LOYS DELTEIL

IMPRIMERIE

FRAZIER-SOYE

153-157, rue Montmartre

PARIS

# CATALOGUE

# D'ESTAMPES

## DES ÉCOLES

## Française et Anglaise

DU

## XVIII<sup>e</sup> SIÈCLE

---

*Dont la vente aura lieu*
**à Paris, HOTEL DROUOT, Salle N° 10**
Le Mercredi 15 Mai 1907
*à 2 heures précises*

---

Par le Ministère de M⁰ MAURICE DELESTRE
COMMISSAIRE-PRISEUR
5, rue Saint-Georges

Assisté de M. LOYS DELTEIL, Artiste-Graveur, Expert
*2, Rue des Beaux-Arts*

# CONDITIONS DE LA VENTE

Elle sera faite au comptant.

Les adjudicataires paieront *dix pour cent* en sus des enchères.

M. Loÿs Delteil remplira les commissions que voudront bien lui confier les amateurs ne pouvant y assister.

MM. les amateurs pourront visiter la collection, 2, *rue des Beaux-Arts*, du Lundi 6 au Mardi 14 Mai, le *Jeudi et le Dimanche exceptés*, de 2 heures à 5 heures.

# Le Peintre-Graveur Illustré

(XIX<sup>e</sup> & XX<sup>e</sup> SIÈCLES)

par LOYS DELTEIL

TOME I<sup>er</sup>. — MILLET, ROUSSEAU, DUPRÉ, JONGKIND.
Épuisé.

## TOME II consacré à CHARLES MERYON

1 volume in-4° de 190 pages, orné de portraits de MERYON, de 154 fac-simile et d'une eau-forte originale de MERYON.

| | |
|---|---|
| 40 Exemplaires de luxe. . . . . . . . . . . | **Épuisés** |
| 400 Exemplaires avec l'eau-forte de MERYON . . | **25** francs |
| 200 — sans l'eau-forte. . . . . . . . . | **20** — |

**EN PRÉPARATION :**

TOME III<sup>e</sup> consacré à INGRES et à EUG. DELACROIX

MANET, Lithographe, par ET. MOREAU-NÉLATON :
1 vol. in-4°. orné de 125 reproductions

| | |
|---|---|
| 20 Exemplaires sur japon à. . . . . . . . . | **60** francs |
| 205 — sur papier couché à . . . . . . | **40** — |

**VIENT DE PARAITRE :** chez M. LOYS DELTEIL

2, Rue des Beaux-Arts

*Pour paraître le 20 Avril 1907*

# L'ŒUVRE LITHOGRAPHIQUE
DE
# FANTIN-LATOUR

Catalogue Complet de ses lithographies reproduites et réduites
par le procédé héliographique de J. BOYER

1 album de format in-folio, offrant, par le meilleur des procédés et dans les dimensions les plus grandes possibles, la reproduction de toutes les lithographies de FANTIN-LATOUR.
Cet ouvrage, tiré sur très beau papier, est limité à 125 exemplaires numérotés, dont 100 seulement seront mis dans le commerce.

Prix de l'Exemplaire. . . . . . . . . . . . . . **100** francs

*A dater du 20 juin, le prix des exemplaires sera porté à **125** fr.*

# DÉSIGNATION

---

### ALIX (P. M.)

1. Saint-Aubin (Mme de), d'apr. Garnerey. Très belle épreuve, *imp. en couleurs*.

2. Michu, de l'Opéra Comique. Très belle épreuve, *imp. en couleurs*.

3. Baptiste aîné. Très belle épreuve, *imp. en couleurs*.

4. Dubus Préville (P. L.) Belle épreuve, *imp. en couleurs*.

### ARTARIA (A. Vienne, chez)

5. *Ofen und Pesth*. Grand in-fol. Très belle épreuve, *coloriée*.

### BARTOLOZZI (F.)

6. *His Royal Highness Prince William Henry*, d'apr. B. West. In-fol. Belle épreuve tirée en bistre (petite cassure).

## BARTOLOZZI, RYLAND, DAVID

7. Sᵗᵉ Cécile, d'apr. Guerchin — Tobie et l'Ange, d'apr. C. Maratte — L'Adoration des Mages — Les Vices attaquant la Vertu, d'apr. M. Ange. Quatre pièces. Très belles épreuves, *avant la lettre*.

## BAUDOUIN (d'après P. A.)

8. Les Amants surpris, par Harleston (E. B. 4). Très belle épreuve.

9. Les Amours champêtres, par Harleston (8). Très belle épreuve.

10. Le Catéchisme — Le Confessionnal. Deux pièces par E. Moitte, se faisant pendants (12 et 15). Belles épreuves, *avant la lettre* (sans marges).

11. Le Couché de la Mariée, par Moreau le jeune et Simonet. (16). Belle épreuve (petites cassures).

12. Le Fruit de l'Amour secret, par Voyez le jeune (23). Belle épreuve.

13. *Ji vais*, par L. M. Bonnet (26). Très belle épreuve du 1ᵉʳ état, *imp. en couleurs*, encadrée, cadre ancien.

## BOILLY (L.)

14. Les Déménagemens. Lithographie in-fol. Belle épreuve, *coloriée*.

15. Les Péchés capitaux. Suite complète de 7 pl. Belles épreuves, *coloriées*.

16. Les Grimaces. Trente-sept pl. Très belles épreuves, *coloriées*.

17. L'Optique, par Cazenave. Belle épreuve, *avant toute lettre, imp. en couleurs, avec rehauts de coloris* (cassure et épidermures).

Nº 1 du Catalogue

18. La Douce Impression de l'Harmonie — Suite de la douce Impression de l'Harmonie. Deux pièces par F. J. Wolff, se faisant pendants. Belles épreuves.

18 *bis*. L'attention — La Solitude. Deux pièces par S. Tresca, se faisant pendants. Belles épreuves.

### BONNET (L. Marin)

19. *The fine Musetioners*, d'après J. Raoux, 1775. Très belle épreuve, *imprimée en couleurs*, avec encadrement impr. en or. Rare.

20. La Serinette. In-4 de forme ovale. Belle épreuve, *tirée en 2 tons* (sans marges).

### BOREL (d'après A.)

21. J'y Passerai, par R. De Launay. Belle épreuve.

### BOUCHER (d'après F.)

22. L'Education de l'Amour, par Demarteau. Belle épreuve tirée en ton brun.

23. L'Amour modeste, par J. B. Michel. Belle épreuve.

24. Vénus sortant du bain, par Michel — Les Caresses dangereuses, par De Longueil. Deux pièces. Belles épreuves.

25. Le Printemps, L'Eté, L'Hiver. Trois pièces par Cl. Duflos. Très belles épreuves.

26. Les Présents du Berger — Les Serments du Berger. Deux pièces (la 2ᵉ d'après Pierre) se faisant pendants. Très belles épreuves.

### BUNBURY (d'après H.)

27. Blouzelind. par W. Dickinson, 1792. Très belle épreuve. *imp. en couleurs*.

28. *A Dancing Bear*, par C. Knight. Très belle
épreuve *tirée en bistre.*

29. Charlotte, par Roze Le Noir. Ovale in-fol Belle
épreuve imp. en couleurs et coloriée (mouillures).

## CARDON (A.)

30. *This Print of the Marchioness of Donegall,*
*M<sup>rs</sup> May, Miss May and the Earl of Belfast.* In-
fol. Très belle épreuve, *imp. en couleurs.*

## CARESME (d'après Ph.)

31. Les Plaisirs champêtres — La Danse champêtre.
Deux pièces par Wossenik, se faisant pendants.
Très belles épreuves, *imp. en couleurs.*

## CARICATURES

32. Le Bon Genre, pl. 4 et 9 — *Making a Lancer —*
Le Repas du Politique — La Comète — Sortie
du Salon — Garde à vous, n° 31. Sept pièces.
Belles épreuves, *coloriées.*

## CHARDIN (d'après J. B. S.)

33. Les Amusements de la vie privée, par L. Surugue
(E. B. 1). Belle épreuve (sans marges sur 3 côtés).

34. Le Benedicité, par M<sup>me</sup> Lépicié (5 B.) Belle
épreuve.

## CHOFFARD (P. P.)

36. Pièce commémorative d'un mariage (P. et B. 119).
Très belle épreuve du 1<sup>er</sup> état.

## CIPRIANI (G. B.)

36. *A Sacrifice to Cupid — The Triump of Beauty and*
*Love.* Deux pièces de forme ovale, par F. Barto-
lozzi, se faisant pendants. Très belles épreuves,
*imp. en couleurs.*

## COCHIN (C. N.)

37. Mariage de Louis, Dauphin de France, avec Marie-Thérèse d'Espagne : Cérémonie du Mariage, Décorations de la salle de Spectacle et de Bal. Trois pièces grand in-fol. Très belles épreuves.

## COCLERS (d'après L. B.)

38. Scène galante, par L. A. Claessens. Belle épreuve, *avant la lettre.*

## CONDÉ (J.)

39. Acteurs et actrices anglais (*Thespian magazine,* 1792). Dix-huit pièces.

## COSTUMES

40. GALERIE DES MODES ET COSTUMES FRANÇAIS, pl. 43, 250, 200, 279, 280, 286, 288, 290, 291, 295 à 308 311 et 312, soit vingt-cinq pièces réunies en un cahier. Très belles épreuves, *coloriées.*

## COUTELLIER

41. M⁰ Olivier, de la Comédie-Française. Très belle épreuve, *imp. en couleurs.*

42. Le Secret entretien, par Pitou. Petit in-fol, de forme ovale. Très belle épreuve, *impr. en bistre et sanguine.*

## CREPY et MONDHARE (à Paris, chez)

43. La Jeunesse ou l'amusement agréable — La Vieillesse ou le Vieillard Rajeuny — L'Europe — Le Jugement de Salomon — Vespasien — Césonie. Six pl. grand in-fol. Belles épreuves, *coloriées.*

N° 19 du Catalogue

## DEBUCOURT (P. L.)

44. La Calèche, d'apr. C. Vernet (M. F. 334). Belle épreuve (sans marges sur 3 côtés, petites épidermures). Encadrée.

45. Le Joueur de cornemuse, d'apr. C. Vernet. Belle épreuve, *coloriée.*

46. La Mariée, d'après Duval Le Camus (517). Belle épreuve.

## DEMARTEAU (G.)

47. Sujets gracieux et Figures, d'apr. Boucher et Le Prince. Cinq pièces. Très belles épreuves, tirées en sanguine.

48. Les Saisons, d'apr. Le Barbier. Suite de quatre pièces tirées en sanguine.

## DEMARTEAU et BONNET

49. Jannette — Chemise (à la Reine) — Têtes de Femmes. Quatre pièces d'apr. Huet et Boucher. Belles épreuves, *impr. en sanguine.*

## DEROSIER (d'après)

50. Le Déjeuner du modèle, par Sombret. Très belle épreuve, *imp. en couleurs.*

## DESCOURTIS (C. M.)

51. Chute de la Tritt — Chute du Torrent de Gelton. Deux pièces. Très belles épreuves, *impr. en couleurs.*

## DIVERS

52. *A Wiew of Baldock in Hertfordshire*, par F. Jukes, 1787 — Calais, par Sutherland — La Famille Royale (Louis XVIII) — Louis XVI recevant le Duc d'Enghien au séjour des bienheureux, par Jazet. Quatre pièces, *coloriées.*

## DREVET (P. l.)

53. Sobieska (Marie-Clémentine), d'apr. Davids (D. 10). Belle et très rare épreuve du 1er état, *non décrit, avant toutes lettres.*

54. Bernard (Samuel), d'apr. H. Rigaud (11). Très belle épreuve *avant les mots :* Conseiller, etc. (sans marges et doublée).

55. Le Couvreur (Adrienne), d'apr. Coypel (24). Très belle épreuve.

## DUTAILLY (d'après)

56. On doit à sa Patrie le sacrifice de ses plus chères affections — Il est glorieux de mourir pour sa Patrie. Deux pièces par P. C. Coqueret, faisant pendants. Belles épreuves, *imp. en couleurs.*

57. On doit à sa Patrie la sacrifice de ses plus chères affections, par Coqueret. Belle épreuve, *imp. en couleurs.*

58. Le Colin-Maillard — Le Concert. Deux pièces de forme ovale, par Dutailly, faisant pendants. Très belles épreuves, *imp. en couleurs* (une sans marges).

## ÉCOLES FRANÇAISE ET ANGLAISE

59. Portrait de jeune Femme, tournée de profil à gauche. Petit in-fol. m. noire. Très belle épreuve, *avant toute lettre.*

60. L'Oiseau mort. M. noire. Très belle épreuve *avant toute lettre.*

61. Pitt (W$^m$). Epreuve *imp. en couleurs* (rognée).

62. Bacchante, épr. *avant toute lettre* — Intérieur des Enfants trouvés, par J. A. Le Campion, épr. *imp. en couleurs.* Deux pièces.

63. Offrande à l'Amour (A Paris, chez Aubert). Petite pièce ovale. Très belle épreuve, *imp. en couleurs*. On y a joint : Misère et vanité (Martinet, éditeur).

### EISEN (d'après Ch.)

64. Le Concert champêtre — Le Bal champêtre. Deux pièces par De Longueil, faisant pendants. Superbes épreuves, *avant toutes lettres*.

65. Le Petit donneur d'avis — Les Villageois — La Vieille de bonne humeur. Trois pièces par Chevillet, de Fehrt et Tardieu, formant série. Belles épreuves.

66. *Concert Méchanique Inventé par R*[t] *Richard*, 1769, par De Longueil. Très belle épreuve du $1^{er}$ état, *avec le lustre*.

### FRAGONARD (Honoré)

67. Le Parc (P. de B. 4). Belle épreuve. Rare.

68. La Cachette découverte, par R. De Launay. Très belle épreuve.

### FREUDEBERG (d'après)

69. L'Heureuse union, par Bosse. Très belle épreuve *avec l'encadrement*.

70. Le petit Jour, par N. De Launay. Belle épreuve de la réimpression.

71. La Complaisance maternelle, par N. De Launay. Belle épreuve.

### GAUTIER-DAGOTY (Edouard) ?

72. Le Maréchal ferrant — La Grange. Deux pièces, d'après de Machy, *imp. en couleurs*, rehauts de gouache. Très belles épreuves (une sans marges).

### GÉRARD (d'après M^lle)

73. Les Regrets mérités, par Vidal. Très belle épreuve.

74. Les premières caresses du Jour, par H. Gérard. Belle épreuve.

### GRATELOUP (J. B. de)

75. Descartes, d'après Hals (F. 3). Superbe et rare épreuve du 1er état, *avant toute lettre*.

### GREEN (V.)

76. Autriche (Charles, Archiduc d'), 1798. Superbe et rare épreuve, avec *la lettre grise*.

77. Le même portrait. Superbe épreuve, *impr. en couleurs, la décoration changée*.

78. Venus Anadyomene, d'apr. J. Barry, 1772. Grand in-fol. Très belle épreuve (piqûres).

### GREUZE (d'après J. B.)

79. La Laitière, par J. C. Le Vasseur. Très belle épreuve (petites piqûres). Rare.

80. L'Education d'un jeune Savoyard, par Moreau le jeune et Aliamet (E. B. 250). Belle et rare épreuve, *avant toute lettre*.

81. La Fille confuse, par Ingouf. Très belle épreuve.

82. Le Silence, par Cars et Jardinier. Très belle épreuve.

### HAMILTON (d'après W.)

83. Les Cueilleurs de fruits — Amusement de la jeunesse. Deux pièces in-fol. par Clément, faisant pendants. Très belles épreuves, *imp. en couleurs* et rehaussées.

## HARMAR (T.)

84. *To the Banquet.* In-4 de forme ovale, Belle épreuve, *imp. en couleurs.*

## HICKEL (d'apr. Ant.)

85. Lamballe (La P<sup>sse</sup> de), par S. Malgo. Grand in-fol. Très belle épreuve (sans marges sur 3 côtés et quelques cassures). Très rare.

## HOPPNER (d'après J.)

86. Orange (P<sup>sse</sup> Royale d'), par P. Condé. In-fol. Très belle épreuve.

## HUBERT

87. Hony soit qui mal y pense — Hony soit qui mal y voit. Deux pièces faisants pendants. Belles épreuves (légèr. piquées).

## HUET (J. B.)

88. Huet dessinant. Très belle épreuve, tirée en bistre.

89. L'Amant écouté, par Bonnet. Très belle épreuve, *imp. en couleurs.*

90. Les Soins maternels — L'Accord maternel. Deux pièces par L. M. Bonnet, faisant pendants. Très belles épreuves *imp. en couleurs* (légères mouillures).

91. La Peinture, La Sculpture, La Musique. Suite de trois pièces, par Mallet. Belles épreuves, *impr. en couleurs.*

92. Pastorales. Deux pièces par Demarteau, se faisant pendants. Belles épreuves, *imp. en 3 tons.*

93. L'Amour enchaîné par les Grâces. — Les Grâces enchaînées par l'Amour. Deux pièces ovales, par Bonnet, faisant pendants. Très belles épreuves, *imp. en couleurs.*

Nº 79 du Catalogue

94. Vue de l'Intérieur d'une Ferme — Vue d'une Fontaine antique. Deux pièces par Jubier, se faisant pendants. Très belles épreuves *imp. en couleurs.*

95. La Nymphe Hespérie fuyant Esaque, par Bonnet Très belle épreuve, *imp. en couleurs.*

96. La Laitière, par Demarteau (n° 407). Epreuve manquant de conservation.

### HUMPHREY (à Londres, chez)

97. *The Storm*, 1782. Belle épreuve, *gouachée.* Encadrée.

### JANINET (J. F.)

98. L'Amour rendant hommage à sa mère, d'apr. Boucher. In-fol. de forme ovale. Belle épreuve. *imp. en couleurs* (petite cassure).

99. Vénus désarmant l'Amour, d'apr. Charlier. In-fol. de forme ovale. Belle épreuve, *imp. en couleurs.*

100. La Réunion des Plaisirs, d'apr. Le Clerc. Très belle épreuve, *imp. en couleurs.* (Rognée).

101. Restes du Palais du Pape Jules, d'apr. H. Robert. Très belle épreuve, *imp. en couleurs.*

102. Sully, Ministre de Henry IV, d'apr. Rubens. Très belle épreuve, *impr. en couleurs.*

103. Crillon, d'apr. Le Barbier. Superbe épreuve, *imp. en couleurs.*

104. Franklin (B.), 1789. Belle épreuve, *imp. en couleurs* (petites marges). Encadrée.

105. Henri IV à l'Assemblée des Notables de Rouen — Trait de bonté de Louis, duc de Bourgogne. Deux pièces d'apr. Bertaux et Swebach. Très belles épreuves, *imp. en couleurs.*

106. L'Amour — La Folie — Deux pièces d'apr. H. Fragonard. Reproduction par l'héliogravure. Très belles épreuves, *imp. en couleurs.*

## JEAURAT (d'après E.)

107. La Coeffeuse, par Sornique. Très belle épreuve.

108. La Muse Uranie, par Daullé. Belle épreuve.

109. Le Carnaval des Rues de Paris, par Le Vasseur. Belle épreuve.

## JONES (d'après J. C.)

110. *Gamekepsers Refreshing*, par Himely. Très belle épreuve, *coloriée*.

## KAUFFMAN (d'après A.)

111. Garde à vous ! par Porporati. Très belle épreuve.

112. La Peinture — L'Amour désarmé. Deux pièces, par L. Boutelou, se faisant pendants. Belles épreuves, *avant la lettre, imp en couleurs.*

113. Sujet gracieux. Ovale in fol. Belle épreuve *imp. en couleurs* (sans marges).

114. *Abelard & Eloisa surpris by Fulburd — Abelard offering hy men to Eloisa.* Deux pièces ovales in-fol. *imp. en couleurs* et *rehaussées* (mouillures).

## LANCRET (d'après N.)

115. Les Éléments (E. B. 3, 27, 34 et 75). Suite de quatre pièces, par Audran, Tardieu, Cochin, Desplaces. Belles épreuves (petites taches),

116. M^lle Camargo — M^lle Sallé. Deux pièces par L. Cars et N. de Larmessin, se faisant pendants. Epreuves doublées.

117. Le Jeu de Colin-Maillard, par C. N. Cochin (E. B. 42). Belle épreuve, grandes marges.

118. Repas italien, par J. P. Le Bas (70). Belle épreuve, grandes marges (petite cassure).

119. L'Occasion fortunée, par G. Scotin (54). Belle épreuve.

### LARGILLIÉRE (d'après N. de)

120. Largillière (M$^{me}$ Elisabeth de), par J. G. Wille. Belle épreuve.

### LARMESSIN

121. Louis XV, en pied, d'apr. Vanloo. Belle épreuve.

### LAVREINCE (d'après N.)

122. L'Aveu difficile, par F. Janinet (E. B. 8). Très belle épreuve, *imp. en couleurs* (petites mouillures).

123. La Comparaison, par F. Janinet (12). Très belle épreuve, *imp. en couleurs* (petites mouillures).

124. La Balançoire mystérieuse — Les Nymphes scrupuleuses. Deux pièces, par Vidal, faisant pendants. Belles épreuves, la première avec la faute au mot : *Gravée*.

### LE BRUN (d'après L.)

125. L'Intrigue découverte, par L. Beau. Très belle épreuve.

126. La Liberté perdue ou l'Amour couronné, par Dambrun. Très belle épreuve (petite restauration),

### LE CŒUR

127. Entrée de S. M. Louis XVIII à Paris, 3 mai 1814. Très belle épreuve, *imp. en couleurs*, avec rehauts.

## LE MIRE (Noël)

128. La Fayette, d'apr. Le Paon (J. H. 32). Belle épreuve (petites épidermures). Encadrée.

## LE PRINCE (J. B.)

129. La Correction, d'apr. F. Boucher — La Bouquetière russe, par Demarteau. Belle épreuve, la 2' tirée en deux tons.

190. Le Concert russien — La Diseuse de bonne aventure russienne. Deux pièces par R. Gaillard, faisant pendants. Très belles épreuves.

## LEVACHEZ FILS

131. Charles Louis, Archiduc d'Autriche. Superbe épreuve, *imp. en couleurs*.

## LINGÉE (M^me)

132. Cagllostro (Seraphinia, C^sse de), d'apr. A. Pujos. Très belle et rare épreuve *avant toute lettre, imp. en couleurs*.

133. Villette (M^lle de), d'apr. A. Pujos. Très belle épreuve, *avant la lettre*.

## LOUIS XVI (Estampes relatives à)

134. Louis XVI et Marie-Antoinette, en médaillons fixés à une guirlande de fleurs, dans un encadrement en forme de cœur. Fort rare épreuve *imp. en couleurs, sur satin, rehauts d'or*, —

135. *Louis Seize s'occupant de l'éducation de son Fils dans la Tour du Temple*. In-fol. Très belle épreuve, *imp. en couleurs*.

## LOUTHERBOURG (d'apr. J. P. de)

136. Repos de chasse de M^me la Comtesse de ***, par Demonchy. Belle épreuve.

## MAILE (G.)

137. La Vallière (M^{lle} de), d'apr. Goubaud. Très belle épreuve *imp. en couleurs*, avec rehauts.

138. Ninon de l'Enclos, d"apr. le même. Très belle épreuve, *imp. en couleurs*, avec rehauts.

## MALLET (d'après)

139. Le Bouquet (A Paris chez Depeuille). Belle épreuve *imp. en couleurs*.

## MICHEL (J. B.)

140. Clairon (M^{lle}), d'apr. Pougin de S^t Aubin. Très belle épreuve.

## MOREAU LE JEUNE (d'apr. J. M.)

141. Exemple d'humanité donné par M^{me} la Dauphine, 1773, par Martini. Très belle et fort rare épreuve à l'état d'eau-forte pure.

## MORLAND (d'après G.)

142. *Breaking the Ice — The Fisherman's hut*. Deux pièces in-fol. par J. R. Smith, se faisant pendants, 1798-1799. Très belles épreuves.

## MORLAND (d'après Henry)

143. Miss Fanny Murray, par Corbutt— *A Connoisseur and Tined Boy*, par P. Dawe. Deux pièces in-fol.

## NÉE (D.)

144. Chambre du cœur de Voltaire, au château de Ferney, 1781. Très belle épreuve.

## NERBÉ

145. La Pantoufle. Très belle épreuve, *avant toute lettre* (remmargée).

N° 122 du Catalogue.

## PATER (d'après J. B.)

146. Marche comique, par Ravenet. Très belle épreuve.

## PETERS (d'après William)

147. *Shakespeare : Much ado about nothing*, par P. Simon, 1790. Grand in-fol. Très belle épreuve (piqûres).

## PREVOST et DE LONGUEIL

148. Vue du Déceintrement du Pont à Neuilly. 22 sept. 1772, d'apr. S' Far. Belle épreuve.

## PRUD'HON (d'après P. P.)

149. L'Amour réduit à la Raison, par Copia. Belle épreuve, *imp. en couleurs*.

150. La Vengeance de Cérès — L'Amour réduit à la raison. Deux pièces par Copia, la 1ʳᵉ *avant la lettre*.

## QUEVERDO (d'après F. M.)

151. Les Amours du Boccage. Belle épreuve (sans marges).

152. Le Couché de la Mariée, par Patas. Belle épreuve.

153. La Fille surprise, par Patas. Belle épreuve.

## RAMBERG (J. H.)

154. Le Marché d'Esclaves, 1798. Très belle épreuve. Encadrée.

## REGNAULT (N. F.)

155. *Dors, dors... — Ah, s'il s'éveillait !* Deux pièces se faisant pendants. Belles épreuves.

## REYNODLS (d'après sir Joshua)

156. Lady Bampfylde, par Thomas Watson, 1777. Superbe épreuve avec une petite marge, d'une des pièces les plus belles et les plus recherchées de l'Ecole Anglaise.

157. Lady Sarah Bunbury, par E. Fisher. Très belle épreuve (petites piqûres et éraflures.)

158. Derby (Elizabeth Counstess of), par Dickinson, 1780. Belle épreuve.

159. Fish (Miss Charlotte), par J. Watson. Belle épreuve.

160. The Honourable Samuel Barrington, par R. Earlom. Superbe épreuve.

161. La petite Rusée, par Bause, 1784. Bonne épreuve.

## SAYER (à Londres, chez R.)

162. *Marquis of Lothian*, 1780. Belle épreuve, *gouachée*. Encadrée.

## SCHALL (d'après F.)

163. Le Modèle disposé, par A. Chaponnier. Très belle épreuve, *coloriée*. Encadrée.

## SCHENAU (J. E.)

164. Le petit Glouton, par J. Ouvrier. Très belle épreuve.

165. Les Intrigues amoureuses — La Crédulité sans réflexion. Deux pièces par L. Halbou, se faisant pendants. Belles épreuves.

## SCHMIDT (G. F.)

166. Mignard (P.), d'apr. H. Rigaud. Très belle épreuve avec l'astérisque.

### SIMONNEAU (Ch.)

167. Orléans (Elis. Charlotte, Duchesse d'),  d'apr.
H. Rigaud. Belle épreuve.

### SMITH (d'après Emma)

168. *The Parting of Hector & Andromache*, par W.
Ward. Grand in-fol. Très belle épreuve.

### STEPHANOFF (d'après)

169. La Visite des Pauvres Parens, par S. W. Reynolds.
Belle épreuve, *coloriée.*

### STRANGE (R.) — WATSON (Th.)

170. Belisaire, d'apr. S. Rosa — The Death of Mark
Anthony, d'apr. N. Dance. Deux pièces. Très
belles épreuves.

### SUHR (Corn.)

171. Catalani (Angelica). In-fol. Très belle épreuve.

### TURNER (Charles)

172. Angoulême (Duchesse d'), d'apr. Huet Villiers,
1812. Superbe épreuve.

### VAN GORP (d'après)

173. Le Dejeuner de Fanfan, par Malles. Très belle
épreuve *imp. en couleurs.*

174. La Ruse — La Surprise. Deux pièces par Honoré,
se faisant pendants. Très belles épreuves, *imp.
en couleurs*, filets de marge (légères mouillures).

### VANLOO (d'après C)

175. La Lecture espagnole, par Beauvarlet, épreuve
*avant toute lettre* (doublée).

## WATTEAU (d'après Ant.)

176. *Qu'ay je fait assassins maudits*..... (Allégorie sur les Médecins), par le C^te de Caylus et Joullain (E. de G. 25). Belle épreuve du 1^er état.

176 *bis*. Les Champs-Elisées, par N. Tardieu. Belle épreuve (petite cassure).

## WESTALL (d'après)

177. Entrevue du C^te d'Essex avec la Reine Elisabeth, par W. Ward. Belle épreuve, *coloriée*.

## WHEATLEY (d'après F.)

178. *The soldier return*, par Ward. Belle épreuve (sans marges).

## WILLE (J. G.)

179. Louis XV, d'apr. J. B. Le Moyne. Très belle épreuve.

180. Les Conseils maternels, par L. Lempereur. Superbe épreuve.

## ZIEGLER (J.)

181. Vue de Coblenz — Vue de Rudesheim, près de Bingen. Deux pièces in-fol. publ. par Artaria. Très belles épreuves, *coloriées*.

IMPRIMERIE

FRAZIER-SOYE

153-157, Rue Montmartre

PARIS